यमराज की हार
वनों में, जहां तपस्वी कठोर तपस्या करते थे— मार्कण्डेय का जन्म भी एक ऋषि मृकंद मरुद्वती दम्पति के तप द्वारा हुआ।
दैत्यराज महाबलि
महाबलि भीम
भक्त हनुमान
पराक्रमी मुनि परशुराम
कृपाचार्य
अश्वत्थामा
मार्कण्डेय
विभीषण
वेदव्यास
पुराणों के अनुसार नौ महान अमर लोगों में से मार्कण्डेय मुनि भी एक हैं...।

मृकंद और उसकी पत्नी मरुद्वती को एक ही दुःख था···उनकी कोई संतान नहीं थी। वे वन में आश्रम बनाकर रहते थे।
सन्तान के बिना यह सब नीरस लगता है।

पुत्र प्राप्ति हेतु उन्होंने तीर्थयात्रा करने का निश्चय किया।
स्वामी! हमको अभीष्ट की प्राप्ति हेतु तीर्थयात्रा करनी चाहिये।
तुम ठीक कहती हो, हम शीघ्र ही तीर्थयात्रा पर चलेंगे।

और– कुछ ही दिनों बाद वे तीर्थयात्रा पर निकल पड़े···।
पता नहीं भाग्य पर कैसी काली छाया आ पड़ी है?
हम धैर्य के सिवा क्या कर सकते हैं?

वे विभिन्न तीर्थों पर गये, परन्तु उन्हें मनोवांछित फल नहीं मिला—।
स्वामी ! लगता है, देव हमसे नाराज़ हैं।
अन्त में वे केदारनाथ धाम पहुंचे...।
महादेव ! हमारी मनोकामना अवश्य पूर्ण करेंगे।
निराशा से भरे ऋषि दम्पति एक तपोवन में कुटी बनाकर रहने लगे...।
अब हम यहीं रहेंगे और यहीं मृत्यु का वरण करेंगे।

वन में खेलते पशुओं के बच्चों को देखकर मरुद्वती का दुःख दुगुना हो जाता···।
यह मृगछौने कितने सुन्दर हैं··· काश···!
एक दिन जब वह पानी भरने गई···।
बहन! संतान प्राप्ति के हमारे सभी प्रयास निष्फल हो गये···।
तुम लोग शिवजी का ध्यान करो, वही सब कुछ देने वाले हैं।
ऋषि दम्पति ने शिवजी की तपस्या की···।

उनकी तपस्या से शिवजी प्रसन्न होकर प्रकट हो गये।
तुम्हें अल्पायु भक्त पुत्र चाहिये या दीर्घायु मगर नास्तिक पुत्र।
प्रभु! मुझे तो भगवान की भक्ति वाला पुत्र चाहिये।
शिवजी ने उन्हें पुत्र प्राप्ति का वरदान दिया।
तथास्तु!
महादेव की जय हो!
मृकंद एवं मरुद्वती खुशी-खुशी आश्रम लौटे—
वहां उन्हें एक पुत्र हुआ। और साथ ही आकाशवाणी हुई—
यह पुत्र बारह वर्ष की आयु का होगा!

ऋषि दम्पति की खुशियों पर पानी फिर गया।
स्वामी! अब क्या होगा?
जो होगा, शिवजी की इच्छा से होगा!
वे दोनों सब कुछ भूलकर बच्चे की देखभाल करने लगे— बच्चे का नाम उन्होंने मार्कण्डेय रखा।
मार्कण्डेय तेजी से बड़ा होता गया। पांच साल की आयु में माता-पिता ने उसे गुरुकुल भेज दिया।
जाओ, खूब विद्यार्जन करो।
मेरा आशीर्वाद तुम्हारे साथ है।

गुरुकुल वन में था, जहां दूर-दूर से शिष्य आकर विद्यार्जन करते थे।
गुरुदेव विश्राम करें, मैं समिधा जुटा लाऊंगा।
गुरुकुल में मार्कण्डेय ने अपने गुरु की सेवा में मन लगाया।
उसकी विनम्रता और कुशाग्र बुद्धि देखकर सभी उसको स्नेह करते थे।
मार्कण्डेय बन्धु! आप थक गये होंगे, विश्राम कर लें।

जब अन्य विद्यार्थी आराम करते, मार्कण्डेय एकान्त में बैठकर ईश्वर के ध्यान में डूब जाता ।
मार्कण्डेय की साधना से गुरु जी बहुत प्रभावित हुये---।
यह एक दिन महान तपस्वी बनेगा।
मार्कण्डेय, तुमसे मैं बेहद प्रसन्न हूं।
गुरुवर! आपकी प्रसन्नता ही मेरा अभीष्ट है।

गुरुकुल में मार्कण्डेय ने गुरु की सेवा करते हुए ग्यारह वर्ष की आयु में ही सभी विद्याओं का ज्ञान प्राप्त कर लिया।
जी आज्ञा गुरुदेव!
जाओ वत्स! तुम्हारी शिक्षा पूरी हुई।
मार्कण्डेय अपने माता-पिता के पास लौट आया।
आओ बेटा! जुग-जुग जियो!
मरुद्वती मार्कण्डेय को गले लगाकर रोती रहतीं...।
मेरे लाल! मेरे बेटे!
मृकंद अपने तेजस्वी बेटे की अल्पायु को सोचकर कांप उठते।
काश! यह दीर्घायु होता।

माता-पिता को दुःखी देखकर मार्कण्डेय दुःखी था।
आखिर ये लोग मुझे देखकर दुःखी क्यों होते हैं?
मां कैसे उसे बता सकती थी।
मैं कैसे उसे बताऊं?
मृकंद भी असमंजस में थे।
मुझे उसे सब कुछ बता देना चाहिये।
एक दिन मार्कण्डेय ने पिता से पूछा—
पिताजी! आप लोगों के दुःख का क्या कारण है?

मृकंद ने मार्कण्डेय को सब कुछ बता दिया ।
बेटा ! तुम्हारी आयु अब थोड़े ही दिनों की है। तुम ईश्वर भक्ति में मन लगाओ ।
पिताजी ! आप मत घबराइये, मैं तप द्वारा दीर्घायु प्राप्त करूंगा !
तभी नारद मुनि घूमते-घामते वहां आये और उन्होंने मार्कण्डेय से कहा—
मार्कण्डेय, तुम गौतमी के किनारे जाओ। वहां ओम नमः शिवाय का जाप करो।
जो आज्ञा मुनिवर !
मार्कण्डेय ने वल्कल वस्त्र धारण किये ।
मां-पिताजी, आशीर्वाद दें कि मैं अपने कार्य में सफल होऊं !
मृकंद और मरुद्वती ने भारी मन से उसे विदा दी ।
जाओ, हमारा आशीर्वाद तुम्हें सफल करेगा !

गौतमी के तट पर मार्कण्डेय ने बालू द्वारा सैकत लिंग की स्थापना की···
शिवजी, अब आप ही मेरे जीवन रक्षक हैं।
और तपस्या में लीन हो गया···।
अनाथों के नाथ, महादेव, मेरी तपस्या स्वीकार करें!
उधर, नारद यमराज के पास पहुंचे।
यमराज! मार्कण्डेय गौतमी के तट पर तुम्हें हराने के लिए तपस्या कर रहा है।
मृत्यु को जीतना आसान नहीं है। उससे कोई नहीं बचा है।
नारद चल पड़े···।
यह तो तुम जानो। मैं तो चला···।
मुझे सावधानी से उसे लाना होगा।

मार्कण्डेय तपस्या में डूबा था···।
ओम नमः शिवाय!
ओम नमः शिवाय!!
ओम नमः शिवाय!!!
उसके आसपास जंगल घना होता गया।
आस-पास घूमते जंगली जानवर उसकी तपस्या के साक्षी थे।
आओ-आओ, मेरे वन के साथियो।

एक बार वशिष्ठ आदि सप्तऋषि उधर से गुजरे।
ओह! यह तेजस्वी बालक। कौन है?
यह तो साक्षात शिव का अवतार लगता है।
जंगल में उस तेजस्वी बालक को तपस्या करते देख वशिष्ठ आदि चकित रह गये।
मेरा नाम मार्कण्डेय है मुनिवर!
इतनी अल्पायु में इतना तेज... चिरंजीवी बनो वत्स।
मार्कण्डेय ने उन्हें बताया कि वह क्यों तपस्या कर रहा था।
वत्स! ऐसा कैसे हो सकता है? यह तो अन्याय है।
मैं ब्रह्मा के पास जाकर मार्कण्डेय के लिए आयु मांगूंगा।

सप्तऋषि ब्रह्मा के पास पहुंचे—।
मार्कण्डेय की रक्षा शिवजी ही करेंगे।
सप्तऋषि लौटकर मार्कण्डेय के पास पहुंचे।
मैं तुम्हें महामृत्युंजय स्तोत्र बताता हूं। तुम इसका पाठ करो।
जो आज्ञा मुनिवर!
मार्कण्डेय ने महामृत्युंजय स्तोत्र द्वारा शिवजी की घोर तपस्या शुरू की।

उधर मृकंद दम्पति अपने पुत्र की सफलता के लिए प्रार्थना कर रहे थे।
हे देवाधिदेव, हमारे एक मात्र पुत्र की रक्षा करना!
अब वही हमारे बुढ़ापे का सहारा है!
यमराज अपनी तैयारी में थे। वे भी मार्कण्डेय की तपस्या से चिन्तित थे।
यमदूतो, क्या खबर लाये हो?
महाराज, वह बालक दिनोदिन कठोर तपस्या करता जा रहा है।
आकाश में विचरण करते देवी-देवता भी मार्कण्डेय की सफलता की कामना करते और उसकी तपस्या की प्रशंसा करते।
तुमने देखा सुभगे! पृथ्वी पर कैसा तेज फैला है।
हां! यह बालक अवश्य पृथ्वी के कल्याण का कारण बनेगा!
मार्कण्डेय की आयु समाप्त होने का समय निकट आ रहा था।
हे महादेव! लगता है, अभी आपको मेरी और परीक्षा लेनी है।

अन्त में वह दिन आ ही गया, जब मार्कण्डेय के बारह वर्ष पूरे हो गये ...।
मेरा अन्त समय आ गया है। अब आखिरी समय शिव पूजा कर लूं।
मार्कण्डेय पूजा में लग गया।उसके तपोबल से प्रस्फुटित तेज चारों ओर फैलने लगा ।

मार्कण्डेय तपस्या में लीन हो कर सब कुछ भूल गया। तभी-
यह बालक तो साक्षात शिवमय है। इसको छूना हमारे बस की बात नहीं!
यमराज द्वारा भेजे गये सबसे विश्वासी यमदूत जो मार्कण्डेय के प्राण लेने आये थे, मार्कण्डेय के तेज से डर गये ।

यमदूतों की सारी शक्ति क्षीण हो गई ...।
अरे देव! यह तो साक्षात तप अग्नि है।
इसे तो यमराज ही ले जा सकते हैं।

यमराज ने जब सुना, तो क्रोध से कांपने लगे···।
हे कालदूतो! तुम पर धिक्कार है। एक बालक से डर गये।
देव! वह साधारण बालक नहीं है!
तभी नारद वहां पहुंचे--।
यमराज! तुम्हारी परीक्षा की घड़ी आ गई है!
मुनिवर! मृत्यु से तो बड़े-से-बड़े नहीं बच सकते। मृत्यु तो एक सच्चाई है।
लेकिन यह बालक और इसकी तपस्या भी एक सच्चाई है।
देखूंगा! मैं स्वयं जाता हूं।

यमराज जब अपने भैंसे पर सवार होकर अपना फंदा और कालदंड लेकर मार्कण्डेय को लेने पहुंचे—

मार्कण्डेय ने अपना शरीर नैवेध के रूप में शिवलिंग पर अर्पित कर दिया और शिवलिंग से लिपटकर लेट गया।

यमराज ने अपना फंदा मार्कण्डेय के गले में डाला।
आहा! फंदा पड़ गया। मृत्यु पाश से कोई नहीं छूटता।

यमराज ने फंदा खींचा।
बस फंदा खींचा कि तुम मेरे कब्जे में होगे मार्कण्डेय।

अचानक पृथ्वी कांप उठी और पर्वत हिल उठे। अन्य जीव इधर-उधर भागने लगे।
ओह! यह क्या हुआ, मार्कण्डेय को खींचते ही जैसे पृथ्वी खिंच गई है।

सैकत लिंग में से शिवजी प्रकट हो गये।
ओह! शिवजी!
ओम नमः शिवाय।

उन्होंने यमराज को पांव के धक्के से दूर कर दिया और उसे भस्म करने लगे।
दया हो प्रभु! दया हो!
महाशिव के चरणों में मेरा प्रणाम!

शिवजी का क्रोध शान्त नहीं हुआ। तब देवताओं ने आकर उनकी स्तुति की।
महादेव! अगर यमराज भस्म हो गया तो प्रकृति का क्रम टूट जायेगा!
क्षमा, क्षमा प्रभु।

उठो वत्स, निर्भय बनो!
शिवजी ने यमराज को क्षमा कर दिया और मार्कण्डेय को उठाया।
शिवजी ने मार्कण्डेय को वरदान मांगने को कहा।
मार्कण्डेय, वर मांगो, मैं तुमसे प्रसन्न हूं।
प्रभु, मैं आपकी अर्चना करना चाहता हूं!
मार्कण्डेय! अमर बनो। अब मृत्यु तुम्हें कभी भी नहीं घेरेगी।
शिवजी के जाने पर देवताओं ने मार्कण्डेय पर पुष्प वृष्टि की।
मार्कण्डेय सदैव विश्व के कल्याण में लगे रहो।

शिवजी के वरदान से मार्कण्डेय को अमरत्व प्राप्त हो गया। सप्त ऋषियों एवं नारद ने आशिर्वाद दिया।
मार्कण्डेय, तुम धन्य हो!
जाओ, ज्ञान और भक्ति का खजाना लुटाओ।
मार्कण्डेय के माता-पिता भी वहां पहुंचे।
मेरे लाल!
मार्कण्डेय! मुझे तुम्हारे जैसे पुत्र पर अभिमान है!
मार्कण्डेय ने लगातार तपस्या द्वारा ज्ञान की महान ज्योति जलाई।

मार्कण्डेय के अमरत्व की एक कथा है—इंद्रद्युम्न नामक एक राजा अपने पुण्य के कारण स्वर्ग में रह रहे थे।
एक बार देवताओं ने उसकी परीक्षा लेनी चाही...।
इंद्रद्युम्न! अब पृथ्वी पर तुम्हारा यश समाप्त हो चुका है।
ऐसा नहीं हो सकता।
देवताओं ने शर्त रखी...।
ठीक है, तुम पृथ्वी पर जाकर देख लो, अगर तुम्हारे पुण्य अब भी होंगे तो लौट आना।
ठीक है, मुझे स्वीकार है।

इंद्रधुम्न पृथ्वी पर लौटे और अपने को जानने वालों की तलाश करने लगे ।
उन्हें किसी ने हजारों साल से जीवित मार्कण्डेय मुनि के पास भेजा ।
मुनिवर ! क्या आप मुझे पहचानते हैं ?
मैं तुमको नहीं जानता, पर मुझसे भी बड़ी आयु वाले प्रवारकर्ण नामक उलूकराज हैं ।
मार्कण्डेय उन्हें लेकर प्रवारकर्ण के पास पहुंचे ।
उलूकराज ! क्या आप इनको जानते हैं ?
मैं तो इनको नहीं जानता !
इंद्रधुम्न भय से कांप उठे ।
फिर हम कहां जायें ?
नालिकजंघु नामक बकराज मुझसे भी बड़ी आयु के हैं ।

मार्कण्डेय की तरह नालिकजंघु का पता प्रवारकर्ण को भी नहीं मालूम था।
मुनिवर! दस सहस्त्र वर्ष पहले मैं उनसे मिला था, तब वे मानसरोवर के किनारे रहते थे।
चलिये राजन! हम मानसरोवर चलें!

मानसरोवर में नालिकजंघु नामक बकराज (बगुले) का पता नहीं चला।
राजन! तुम ठहरो मैं तपोबल से मालूम करता हूं।

मार्कण्डेय ने पता लगाया तो पाया कि बकराज गंगा किनारे तपस्या कर रहे थे। वे वहां पहुंचे।
आइये मुनिवर! आपको देखकर मेरी आंखें धन्य हुईं।
बकराज! मेरा प्रणाम स्वीकार करो।
लेकिन जब उन्होंने अपना प्रश्न किया...।
मैं तो इनको नहीं जानता।
बकराज! मुझे विश्वास है कि राजन का पुण्य क्षीण नहीं हुआ है, कोई-न-कोई इनके पुण्य का साक्षी जरूर होगा।
मुनिवर! आप धन्य हैं। केवल मेरे लिए आप इतना प्रयास कर रहे हैं।
दूसरे को न्याय दिलाने हेतु तो हमें अवश्य संघर्ष करना चाहिये।

उधर बकराज विचार मग्न थे।
एक हल्की-सी याद है, लाखों साल पहले मैंने एक दीर्घजीवी पुण्यात्मा के दर्शन किये थे।
बकराज! मुझे विश्वास है, आप किसी अन्य दीर्घजीवी महात्मा को अवश्य जानते होंगे।
हां! हां! मैं याद कर रहा हूं।
और बकराज को याद आ गया।
मुनिवर! मुझे याद आया। अकूपार नामक धर्मात्मा कच्छप राज, मुझसे लाखों वर्ष पहले मिले थे।
आइये राजन, हम सब उनके पास चलें।

वे अकूपार को ढूंढते रहे, लेकिन लाखों साल पहले के स्थान पर वे नहीं मिले।
बकराज! अगर आज्ञा हो तो मैं समाधि लगाऊं!
ठहरिये मुनिवर, मैं जरा राजन से कुछ पूछना चाहता हूं।
बकराज ने प्रश्न किया—।
राजन, आपका राज्य कहां पर था?
मेरा राज्य? मैं दक्षिण में राज्य करता था!
तो चलिए, हम वहीं देखते हैं।
चलिये महात्मन्!

अकूपार उन्हें वहीं मिले।
धर्मात्मा, आज आपके दर्शन करके मैं धन्य हुआ।
बकराज, उलूकराज, मुनिवर आप सबको देखकर मेरा मन प्रसन्न हो उठा।

मार्कण्डेय ने अपना प्रयोजन रखना चाहा, लेकिन ...
ये पुण्यवान महाशय कौन हैं? ओह, लगता है राजन पधारे हैं!
आपकी स्मृति महान् है। क्या आप इनको जानते हैं?

राजन! आप शायद मुझे भूल गये, लेकिन मैं आपको भूल नहीं सकता!
धृष्टता क्षमा हो महात्मन्!

अकूपार ने बताया–
कई बार आपने मेरी रक्षा की थी। मैं आपको पहचानता हूं।
महात्मन्, तब तो इनका पुण्य भी आप जानते होंगे।
यह जो सरोवर आप देख रहे हैं, राजन ने महान यज्ञ करके पृथ्वी का कल्याण किया। यह उसी का फल है।
महात्मन्, कृपया स्पष्ट करें!
इन्होंने जो हजारों गायें दान में दीं, उनके चलने से ही यह सरोवर बना है।
इंद्रधुम्न का पुण्य समाप्त नहीं हो सकता।

सब दीर्घजीवी महात्माओं ने इंद्रधुम्न की प्रशंसा की।
इंद्रधुम्न! आप जैसे जग का कल्याण करने वाले लोग करोड़ों साल तक लोगों के दिलों में जीते हैं।
धन्य हैं, धन्य हैं।
मार्कण्डेय भी धन्य हैं।
महात्माओ! मैं तो पुण्य के रहते ही पृथ्वी पर धकेला जाता, अगर मार्कण्डेय मुनि ने मेरा साथ नहीं दिया होता।
और इंद्रधुम्न स्वर्ग को चले गये। मार्कण्डेय फिर तपस्या में लीन हो गये।

www.ingramcontent.com/pod-product-compliance
Lightning Source LLC
LaVergne TN
LVHW082055051026
849532LV00011B/3596